나의 별은
날개 단 거야

나의 별은
날개 단 거야

초판 1쇄 인쇄 2018년 5월 11일
초판 1쇄 발행 2018년 5월 23일

지 은 이 김세호
그　　림 이상무
디 자 인 박애리
펴 낸 이 백승대
펴 낸 곳 매직하우스

출판등록 2007년 9월 27일 제313-2007-000193
주　　소 서울시 마포구 월드컵북로38가길 14(중동)
전　　화 02) 323-8921
팩　　스 02) 323-8920
이 메 일 magicsina@naver.com
I S B N 978-89-93342-72-7

나의 별은
날개 단 거야

김세호 시집

서문

시집을 내며 도공이 도자기 깨는 마음을 이해하게 되었습니다.
100편의 시를 썼지만 살릴만한 시는 5편에 불과합니다.
5편의 시 말고 다른 시들을 깰 수 없는 건
완벽하진 않아도 저마다 아름다움을 표현하고픈 욕망이
있기 때문이에요.

시는 살아있어요.
언어의 조합일 뿐인데, 어느새 운동성을 획득하고
저마다의 개성을 지니게 되더군요.

시를 대하며 숨 쉬지 않는 것들에도 영혼이 있다는 걸 깨닫습니다.
모나거나 빈틈 많아도 살아갈 가치, 혹은 존재할 가치가 있는 것은
저마다의 영혼이 빛나기 때문입니다.

∂ 차례

ⅰ 별이 말하는 시

ii 꽃, 나비, 그리고 바람

iii 아름다운 것엔 슬픈 빛이 난다

- 에필로그: 쌩떽쥐베리의 별

i 별이 말하는 시(詩)

나의 별은 날개 단 거야

별과 같이 될 순 없을 거야

하염없이 걷다가 생각 들면
사람은 바람 같은 존재 아닐까?

파리한 밤하늘에 별이 반짝인다.
하염없이 바라보다 소원하면 온 세상 별이 나의 별.
무얼 바라는지 나도 잘 모른다.
다만 세상이 아름답길
삶이 별따라 빛나길……

단지 염원에 그칠지라도 동경하는 마음을 간직한 채라면
나의 바람은 별에 새겨질 것이다.

별에 바람 싣는다.

별과 나

별을 보며 사랑을 예견했다.
내 안에 어둠이 짙어 아무것도 보지 못할 때
별은 멀리 떨어져 회한과 침묵의 세계에 대해 속삭였다.

그가 뜬 곳에 올라보면 어디로 가야할지 알게 될까!
그때는 나의 별인지 알지 못했다.
별은 외따로 반짝이고 낭만을 떠올리기에는
내가 너무 외롭다.

밤새 은하수가 부드러운 옷깃처럼 드리우고
별은 우주 건너 내게 다가왔다.
우리는 끝없는 안식과 정적에 둘러싸여 먼 여행을 떠난다.

별은 빛나고 나는 서있다.

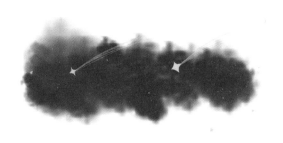

나의 별은 날개 단 거야

부자별

별을 보며 나를 봐요.
높은 하늘과 낮은 땅의 중간쯤 어느 곳에 홀로 서서
별을 관찰해요.

나는 영혼이 맑지 못한 사람이에요.
별을 보며 돈을 떠올려요.
부자 되게 해달라고 지나가는 별똥별에도 인사했어요.

밤하늘에 세 개의 별이 있어요.
사랑별, 자유별, 그리고 부자별
이 셋 중에 하나의 별에서 살아야 한다면
뒤도 안돌아보고 사랑별로 날아갈 거예요.

나의 별은 날개 단 거야

날이 어두우면 내 안의 날개가 퍼덕인다.

저 별은 언제 저기까지 날아갔을까!

별이 빛나면 그와 함께 할 줄 알았다.

저 별은 멀리, 나의 별은 하나

별이 빛나면 내 안의 어둠이 깊어진다.

저 별은 동경, 나의 별은 자유

밤이 깊어지면 내 안의 별이 반짝인다.

사랑단비

사랑이 단비처럼 내린다.
그것이 생명이요, 구원인 것은
비를 닮아서인 걸

갈라진 논두렁
메마른 텃밭에

사랑이 비처럼 쏟아진다.

별이 말하는 시

정제된 선율은 무척이나 단조롭다.

느닷없이 노랫말이 들린다.

'너는 죽게 될 거야.'

별을 볼 때면 슬픈 예감에 둘러싸인 연유를 알겠다.

'나도 알아.'

마음속으로 떠올린 말에 별이 답했다.

'나는 불멸에 대해 노래하고 있어.'

섧게 울고 싶었지만 마지못해 웃었다.

'잘 들어봐!'

은미한 목소리로 별이 속삭인다.

'죽게 될 거야. 사랑하지 않으면……'

심연에서 빛나는 별

깊은 못에 들어앉아 밤하늘 우러르면
별이 주옥처럼 달려있다.
모든 피사체는 그림자를 가지고 있는 걸
심지어 사랑에도 그림자가 있다.
비애마저 아름다울 수 있는 건
사랑의 형체 닮았기에 가능한 걸

사랑 그림자는 오늘밤도 영롱하다.

샘물 같이 쏟아지는 별

혼자 울다 지쳐 눈 뜨면 밤
잠결에 별이 반짝이며
맑고 투명한 샘이 뺨에 닿는 것이 느껴졌다.

잊고 있던 하늘에 별이 샘물처럼 쏟아진다.
모든 별을 별똥별로 만들 것처럼 밤하늘이 들썩인다.
나 있는 곳은 슬픔의 별,
은하수 너머 소망 건넨다.

「아름다운 곳에 머물다 죽고 싶다.」

별빛

햇빛과 같이 따사롭다 말해줘요.

달빛과 같이 은근하다 말해줘요.

이 세상 속하지 않은 빛으로 당신 마음에 스며들 거예요.

별 헤아리기

감각이 예민할 때에 그것이 원하는 대로 따랐다.
별을 보며 고통을 떠올리게 될 줄은 그때는 알지 못하였다.
등 떠미는 손에 이끌리어 원치 않는 길을 걸었다.

억지로 갈 수 있게
모험보다 끈기라고
희망보단 인내라며
삶은 채근하며 손가락질했다.

떨어지는 별이 있으리라곤 상상도 못했다.
감각도 무뎌지고 나는 이제 그와 마주하게 되었다.
별을 바닥에 누이며 우러르기 보다는 헤아리게 되었다.

군중 속의 별

아무리 외로워도 별만큼 외로울 순 없다.
혼신 다해 빛을 내도 알아주는 이 없고
어둠 속에 묻힌 별은 사막의 모래알만큼이나 많다.
별은 빛나지만 우주 속에 혼자다.

나의 별은 날개 단 거야

별과 재즈

재즈의 선율 따라 은율 향유한다.
별 보며 해맑은 향수에 빠지는 건
자유를 잃어서이다.

나는 알지 못한다. 이 어둠……
별은 재즈를 연주하지만 그 음율 알아듣지 못한다.
언젠가 되찾을 선율 위하여 별에게 음표 붙인다.

밤하늘에 별 대신 음악이 떠다닌다.

별종

뼈아픈 따돌림, 확실한 버림받고
누가 보기라도 할까봐 감쪽같이 숨어요.
상처 난 짐승 만지듯
구원의 손길은 멀게만 느껴지네요.

믿었던 세상에 더 이상 바라지 않을 거예요.
혼자서 담담히
고개 들고 하늘을 바라볼 거예요.
나만의 별, 품을 거예요.

내 속

간혹 창자가 밖으로 나온 채로 살고 있다고 느껴질 때가 있다.

무엇을 했을까? 어디로 가나?

알 수도 없지만 알아도 갈 수 없다.

나는 속을 추스르기에도 아프다.

별이 망창하다.

망창하게 빛나는 별을 본 적 있다.

모든 게 내려앉고, 희망을 품는 것마저 사치라고 느껴질 때

내 별은 참람하다.

빛 잃은 별을 본 적이 있다.

온통 암흑으로 내려앉은 별, 원죄의 핏물을 쏟아 부어도

드러나지 않을 나의 존재는 참혹하다.

그저 망창한 별을 바라본다.

나의 영혼 들여다본다.

빛나지 않는 별과 함께 내 영혼은 아득하다.

바늘 거인

바늘 든 우주거인이 있어 별이 되는 사연 아는가!

별의 탄생,
우주 밖에 거인이 기다리고 있다가
천체를 바늘로 찌르면……

어둠 뚫고 새하얀 빛 한 점 새나온다.

시보다 산문

열매 맺는 꽃은 그다지 아름답지 않아.
딸기를 달게 먹지만 딸기꽃을 기억하지 않는 것처럼……
시를 사랑하지만 시 자체를 좋아하는 건 아니야.
아름다운 장미가 열매 맺는다면 얼마나 달고 맛있을까!

별은 하늘에 핀 꽃,
열매 맺는 꽃 중에 하나
달도 별의 열매,
하프 지닌 별이 음악으로 낳은 달
해도 별의 열매,
빛살 지닌 별이 뜨거운 사랑으로 낳은 해

달이 선사하는 아름다운 선율이 흐르고
별은 영혼과 통하는 유일한 통로
별에 닿은 넋, 꽃가루 얻은 나비처럼
하늘에 핀 꽃잎 속에 시(詩) 맺는다.

유성시

시인이 되길 원치 않았어.
부유함과는 거리가 먼 낯설고 차가운 곳에서
버림받은 시와 함께 살아야 하지.

세상이 몰라주는 시를 쓰기 원치 않아
시인은 죽고 그가 남긴 시는 유성처럼 떨어지고 말아.

언어 쓰는 시인이 되고 싶지 않아
마음 사용하는 시인이 되고 싶지.

유명해지길 바라진 않지만
좋은 시를 썼다고 칭찬받고 싶어
감성을 건드리는 시보다 영혼을 일깨우는 시 쓰고 싶어.

시인이 되길 원치 않아
마음 쓰고 영혼 다했지만
나의 시는 별똥별처럼 떨어지고 말아.

시 없는 천국

그렇지만 나는 보았어.

천국은 시인으로 가득하고

시가 없는 천국은 상상할 수 없다는 것을……

가난해서 좋다

가난을 모르면 아무것도 알지 못하는 거야.
소외가 무언지, 외로움이 무엇인지 가난 모르면
느낄 수 없어.
괜찮아! 가난이야.
정의가 무언지, 체제가 무엇인지 가난을 몰랐다면
궁리하지도 않았겠지.
알게 되어 다행이야.
목마름 알고, 채워짐 알고,
결핍과 만족을 느낄 수 있게 되었어
좋아! 가난이야.
어차피 극복할 수 없는 거라면 안고 가야지
무엇보다 천국은 가난한 자의 것이라 했으니
엄청난 보험을 들어놓은 거야.

맞다!

내가 꿈꾸듯 너도 꿈꾸는구나!
내 꿈이 소중하듯 너의 꿈도 소중하구나

나의 꿈은 영혼이 심었다
내 영혼이 원하는 것이 나의 꿈이다
내 영혼은 널 위한 것이다.

맞다!
내 꿈이 원하는 게 너다.

바람

언제나 뺨에 스치는 바람이지만 속삭이는 소릴 듣지 못해
걷거나 뛰면 세게 부는 바람이지만 목소릴 알아듣지 못해

말 울음소리 내며 바람은 소리친다.
"뜬금없구나!"
날개 퍼덕이는 소리 따라 바람이 묻지
"나 따라 날고 싶지 않니?"
휘파람소릴 내는 바람은 속삭였어
"봄이 올 거야. 난 겨울과 함께 떠나."
바람은 떠난다.

찬바람, 스산한 바람, 스치는 바람,
다행인지 몰라도
도시에 살면서 살을 에는 바람은 없어졌다.
산들바람, 높새바람, 갈바람, 아주바람, 하늬바람,
이런 바람들도 도시에서 자취를 감추었다.

'파르파르'

바람이 속삭이는 소리가 들리나요?

'파르파르'

바람은 스치며 사라져요.

꿈

자는 동안 꿀 수 있다.
꿈꾸는 건 사는 동안 특권이다.

바람 이야기

바람은 온 세상 비밀 알고 있다.
스치며 엿듣는 게 그의 일인 걸

어디선가 귓속말이 들려온다.
별은 거울보다 반짝이는 속마음으로 해를 품고 있다고
해는 말하길
밤하늘에 자기 대신 별을 심어놓은 것이라고

문득 바람은 별에게서 나온다고 속삭인다.
별이 지상에 머물며 자기 높이 맞출 수 없으니
바람의 모습으로 다가서는 것이라고…….

꿈의 발견

발견해야 찾을 수 있어

보이는 별은 너의 별이 아니야.

바다와 우주

바다 보며 우주 꿈꾸는 건
별처럼 물이 빛나서

바다가 요동치면 우주는 얼마나 굽이칠까!
풍랑 헤치며 가르는 배, 성운 피해 날아다니는 별

폭풍 치는 바다, 블랙홀 도는 우주
언제든 형체도 없이 사라질 배와 별 보며
그래도 부러운 건
드넓은 바다와 우주 건너 신세계의 꿈을 꾸기 때문이다.

달빛 속삭임

밤 지새는 달
짝 찾아 헤매는 별
바람에 속삭임 보내어

달빛은 외롭고 별빛은 그립다.

모래바다

한없이 부드러운 모래바다에 몸 맡기면
바닷속 모래알이 젤리처럼 부서진다.
부드러운 모래 헤치며 바람이 분다.
'휘이잉!'
얼굴이 따끔거리고 눈이 아리다.
절로 눈물이 났지만 눈 감진 않았다. 성긴 가시 날리며
바람이 묻는다.
"무얼 원해?"
그는 또 물었다.
"원하는 게 뭔데?"
서두르는 그의 영혼에 안정을 찾아주고 싶다.
"형체 없는 네가 채워지길 바라."
불어왔던 것처럼 그는 제멋대로 빠져나갔다.
깊은 곳, 슬픔이 찾아온다. 숨 쉬지 못하고 웅숭그렸다.
"넌 누구야?"
"고독이야."
그의 정체를 알고 나서 슬프지 않다.
환희를 찾아 여행 떠났던 쥐가오리가 우아한 날갯짓으로

미끄러지며 입에 물고 있던 씨앗을 건넸다.

말하려는 것처럼 씨앗이 떨었다.

땅의 모습으로 씨앗이 속삭인다.

"외롭지 않아."

해저에서부터 천연의 땅, 새싹이 모습을 드러내며 말했다.

새싹은 해초의 모습으로 춤추며 하늘거린다. 그가 몸을 흔들 때마다 공기방울이 올라왔다.

'퐁·퐁'

공기방울이 터지며 어여쁜 조가비가 빠끔거리며 밑으로 내려앉는다.

'퐁·퐁·퐁!'

공기방울과 함께 물고기 떼가 나타났다. 형형색색 예쁜 문양 몸에 수놓은 물고기 떼는 밤하늘의 별처럼 반짝였다. 어디서 나타났는지 바다거북이 주걱 팔을 흔들며 유유히 지나간다.

"바람 같은 마음은 어디에도 머물 수 없어."

거북의 말은 잊고 있던 가시바람의 존재를 떠올리게 했다.

"난 이곳에 머물 거야!"

모래알 헤치며 거북이를 따라잡았다. 목을 주억거리며
거북이가 묻는다.

"넌 여기서 숨도 쉴 수 없잖아?"

"바람은 씨앗을 주었는걸!"

달리듯 헤엄치고, 유영하듯 날았다.

처음엔 저항했지만 고독과도 같은 그것에 숨을 맡기니
이내 평온해졌다.

바다

꿈결 같은 바다에 뛰어들면 내 마음은 해초
색채 가득한 바닷속 노을에 빠져 나의 시, 그림, 음악,
그리고 별이 춤추는 걸 보았다.

푸른 물결 가득한 곳에 외딴 섬
떠나온 고향이 자유의 별인 것처럼 콧잔등이
시큰해진다.

별따라 빛따라

내 맘에 별을 수놓는다.
언제나 볼 수 있게

내 안에 별 들여놓는다.
언제든 빛날 수 있게

스러지는 불꽃이라도 바랄 거다
별따라 빛따라 산다.

별은 당신이 품을 때 아름답다.

나는 가난하여 별이 내는 소릴 듣지 못하였다.

해는 빛 주고, 별은 꿈 준다.

별이 말하길

「품어라. 아름답길 원하면……」

청년의 동경

소년은 외롭다.
별 잃은 소년은 외롭다.
이름 없는 파도처럼 스쳐간 무수한 시간
녹록하기에 지나쳐버린 기억들
소년은 청년이 되어, 청년은 성인이 되며
동경할 대상을 잃어버렸다.

청년은 잊었다.
시공간이라는 창살에 갇힌 존재, 감각을 상실한 채
버려진 미아처럼 홀로 있다.
사소한 기억이 아닐진대 별을 잊고 있었다.

별이 마련한 비밀의 화원, 사막의 샘과 같은 곳에서
스러지길 반복하던 나는 비로소 나의 별을 찾았다.
바라던 것과는 거리가 먼 삶이지만
내 모습 그대로 사랑하기로 한다.

별과 난

서로 바라보았다.

ii 꽃, 나비, 그리고 바람

나의 별은 날개 단 거야

꽃, 나비, 그리고 바람

풀잎에 앉은 꽃 보며
사랑을 떠올리는 건

하늘거리는 나비 따라
바람이 산들거리기에……

사랑에 관한 짧은 비밀

사랑하면 넓히세요.

그 사람이 내 안에서 놀 수 있게

사랑한다면 넓히세요.

사랑하는 이가 내 고집 때문에 고생하지 않도록……

사랑을 지속하고 싶다면 또한 넓히세요.

나의 편견에 연인을 휘말리게 하고 싶지 않다면……

사랑은 유희가 아니에요.

황홀한 성적유희 떠올린다면 이보다 더한 착각은 없어요.

사랑은 자아의 근원에 도달하는 행위에요.

자아 버리고 날 넓히는 것이죠.

사랑할수록 넓히세요.

자신을 버리는 그 사랑이 진정으론 당신을 채울 거예요.

시가 된 이유

사랑하는 이에게 들려줄 말이 필요했어.

　나의 별은 날개 단 거야

나비 은유

나래 펴기까지
동굴에 묶여있어

다른 모습으로 태어나기 위해
뼈 깎는 탈바꿈

환희 퍼트리며
힘껏 날아올라.

부활 알리는 춤
긴 날개 나빌레라.

나비야

나비야, 꽃에

나비야, 잠든 머리맡에

나의 별은· 날개 단 거야

우리가 사랑을 단기간에 끝내는 이유

빛이 쏟아지면 따스함을 느끼죠
빛에 열이 녹아 있어 그래요
사랑이 쏟아지면 마음이 움직여요
사랑엔 마음이 녹아 있어 그래요

우리가 사랑을 단기간에 끝내버리는 이유는
마음이 움직이는 걸 힘들어해서 그래요

움찔해본 적 없는 마음이 버둥거리려니
얼마나 부담스럽겠니?
뛰지도 못하는 마음으로 날갯짓까지 하려니
얼마나 어렵겠니?

사랑을 천년도 이어가지 못하는 이유는
마음이 쉽게 지쳐 그래요
천년동안 사랑 이어간 마음에게 비결 물었어요.

천년의 마음이 말하길
「쉽사리 내어주지 말고 기꺼이 들어주라」

사랑하기에 자유하길 바란다

사랑하는 이여, 당신이 나만을 사랑하길 원치 않아요.
세상에서 가장 지독한 거짓말은 '너만을 사랑해'라는 걸
나는 알아요.

사랑하기에 당신이 구속되는 걸 원치 않아요.
당신의 몸처럼 당신의 마음도 자유하길 원해요.

자유 상태에서 당신이 나를 택하는 것이 가치 있어요.
자유로운 가운데 당신이 날 사랑하는 것이 의미 있어요.

사랑하는 이여, 나의 마음은 하나가 아니에요.
당신을 아주 많이 사랑하지만
자유로운 마음으로 다른 사람도 사랑하고 싶어요.
천성적으로 나는 사랑밖에 모르는 여자랍니다.
나는 그저,
내가 그런 것처럼 맘껏 사랑하고 내키는 대로
자유하라고 당신에게 말하고 싶어요.

사랑의 원형(原形)

사랑하면 다 주세요.

사랑하는 이의 요구를 하나라도 거부하지 마세라

사랑은 신의 영역이라 우리가 선택할 수 있는 여지가 없어라

사랑한다면 모두 들어주세요.

나의 응복(應服)이 해악 끼칠까 염려하지 마세라

조건 없는 희생과 헌신이 사랑임을 잊지 마세라

사랑하면 청원하세요.

바라는 일 의심하지 말고 요청하세라

사랑하면 바라고 베푸세요.

의심치 않고 바라고, 아낌없이 베푸는 게

사랑하는 당신이 취할 수 있는 유일한 행동이어람

조금만

너무 잘 대해주지 마세라
혼자 있는 것처럼 내 곁에 있어주라
너무 잘 대해주지 마세라
나를 향해 너무 많이 웃지도 말고

무심한 듯 사랑하세라
스쳐 지나듯 기다려주라
그대 얼굴에 실망 끼칠까봐
그대 사랑에 미치지 못할까봐

사랑만큼 좋은 게 없지만
모자라도 넘쳐나도 힘들어
조금만 잘 대해주라
무심한 듯 사랑하세라.

물질보다 추억

나의 사랑은 물질계에 속하지 않아.
안락하다고 행복할 거라 생각하지 마
느낄 수 있을 만큼 사랑 할 수 있어

형체 가지고 있는 것이 감히 흉내 낼 수 없는
금보다 더한 네 마음의 창 열기 위하여

어쩌면 행복한 현재보다
화려했던 과거가 너의 가치를 높여줄 거야
네게 많은 추억 남겨주려 해
지금 이 순간, 네게 추억이 되려해.

포옹

따뜻하게 안아줘요
포근하게 감싸줘요
마치 내 집인 것처럼
그대 품에 깃들고 싶어.

너르게 품어줘요
보금자리 둥지삼아
그대 품안 잠들 거야.

사랑 들어간 풍경

맑은 하늘, 고요한 달빛, 푸른 바다.

추운 산장 몸 녹이는 따뜻한 차 한 잔,
아침을 깨우는 새소리,
숲 속 안개길, 고목나무 우듬지, 발에 밟히는 잔솔가지,
흙 내음, 낡은 여행가방, 오래된 컬렉션,
수평선으로 사라지는 배, 지평선에 걸려 쳐다볼 수 있는
태양, 드넓은 초원, 운동장, 따사로운 햇살,
어린아이의 손짓, 사람들 미소……

헤진 천이 몸에 감기는 느낌처럼 사랑은 미소 짓게 하는
풍경 속에 들어있다.

강의 유속 속으로

나만 홀로 머물러
널 위해 하얗게 내린다.

맑은 하늘 위
황혼의 그늘 기다려
네게 다가가려 시대를 거스른다.

타성에 물든 본능은
유속 맞춰 흘러가라 하지만
오늘도 나는 거슬러

널 위해 외로운 물거품 된다.

다향(茶香)

향이 좋아.
너의 향기 떠올리며
사랑보다 이별이 아름다울 수 있다는 생각을
처음으로 했다.

뜨겁기 때문에 올라오는 김처럼
사랑했기 때문에 너의 향도 떠오르는 거겠지.

향이 아른거린다.
여전히 사랑하기 때문에
언제고 네 향기는 코끝에 머물러 있다.

차를 사랑하는 이유, 네가 떠올라서 좋다.

두 외로움, 하나의 사랑

보호막 걷히고
온전히 발가벗은
널 마주보며
전해줄 마땅한 거 없이
오직 외로운 마음

사랑은 두 고독을 맞바꾸려는 시도일 뿐 *
그 이하도 이상도 아니기에
외로운 마음
그저
네게 떨군다.

(*호세 오르테가 가세트, 이세진 역
「우리는 매일 슬픔 한 조각을 삼킨다」
중에서 2014. 문학동네)

나는 가난하지만

네가 행복하길 바라기에 떠나지 않을 거야.

더 고독

창밖에 어둠이 깔리고 깊은 물 밑에 자리한 것처럼
고독이 사무칠 때,
나는 더욱 고독해야 한다.
어떠한 대가 치르고서라도 얻어야하고 유지할 게 있다면
그것은 고독이 되어야 한다.

왜냐하면, 고독은 맹목적인 나의 존재에 의미 부여하기
때문이다.
고독과 친구가 될 때 비로소 완전한 내가 되고
고독한 사람만이 친구의 완전한 기쁨 알기에*
고독은 너와 나를 위한 것이다.

(*윌라 캐더, '친구'중에서)

비와 별

비 내리는 밤에 별 우러르면
별보다 먼저 떨어지는 눈동자에 방울
비가 줄기라면 별은 밤하늘에 핀 꽃이다.
나는 잎새마냥 떨고 있다.

Love like honey

누군가 사랑이 구두와 같다고 말했던 게 기억나요.
아무리 예쁘고 좋아도 내 발에 맞아야 한다네요.

곰곰이 생각해보면 그런 것도 아닌 것도 같아요.
로미오와 줄리엣의 사랑을 기억하는 건
그들이 맞는 게 마음뿐이라 그래요.
닥터 지바고의 순정을 기억하는 건
차가운 얼음땅에 핀 뜨거운 사랑꽃 때문에 그래요.

누구나 사랑을 꿈꾸지만
사랑은 신데렐라의 구두가 아니에요.
장해 딛고 일어서지 않는 사랑이란
나약해서 금세 헐거워지기 마련이죠.

사랑은 드라마를 먹고 살아요.
극복할 대상이 없는 사랑은 금세 작아져요.

사랑은 꿀이에요.

달콤한 그걸 모으기 위해 꿀벌들이 백방으로 돌아다녀요.

거미줄에 걸리기도 하고 천적의 발톱에 허리가 끊기기도 하죠.

꿀도 모으는 게 아니라 만드는 거래요.

모아온 꽃가루 몇 번이고 게워내서

홍삼 달이듯 만드는 거래요.

사랑하고 싶어요? 꿈꾸길 원하세요?

꿀부터 맛보려 하지 말고 꽃을 찾으세요.

돌아다니다 죽을 수 있는 꿀벌정도는 아니지만

아주 힘들 수 있어요.

그럼에도 꽃 찾는 이유,

꿈꾸는 사랑 얻기 위하여……

명시

난 명시적인가 봐
알려주기까진 몰라.
네가 얼마나 아름다운지
네가 보여준 사랑이 얼마나 탐스러운지

난 명시야!
알려주기 전까진 아무것도 몰라

날 위해 알려줘
네 사랑의 깊이
명시인 날 위해 속삭여줘
네 영혼의 깊이……

널 존중하지만 사랑하진 않는다

네가 흘리는 눈물이 내 슬픔의 전부인 줄 알았다.

나는 네게 눈이 멀어

너는 내게 구속되어

오직 네가 보여주고

네가 원하는 걸 찾아

그런 단순한 이유로 넌 나의 구원인줄 알았다.

난 여전히 널 바라보고

넌 아무것도 알지 못하는 사람이 되었지만

엇갈린 시공간에 우두커니

내 앞에 섰을 때조차

우리 사랑이 너라는 구원이길 간절히 소망했었다.

나는 너를 안다

얼마나 가련한 존재인지 안다.
어떻게 살고 고통 받고 죽느냐를 배우기 위해
이곳에 네가 있기 때문이다.

아무렇지 않은 듯 말하고
환각을 맞이하듯 술 마시지만
뿌리 깊은 공허함을 어찌할 수 없어
더 나은 삶 갈구하며 눈물로 뺨 적시는 외로움을 안다.

나는 존재의 이유를 알지 못한다.
마치 숲에 널린 잎사귀, 무수히 떨어지는 낙엽처럼
깊은 하늘과 고요한 땅에 미치지 못한 채
수분 날아간 낙엽처럼 바스라지고 싶지 않을 뿐이다.

세상이 아름답길

나의 심장은 뛰길 원치 않아
가만히 멈춰 서서 이 모든 걸 평정하고 싶어
변화의 유혹에 넘어간 순전한 사람이 되고 싶지 않아
삶은 카스테라처럼 왔다가 칼날 같이 가거늘

홀로 외롭지만 충족시킬 다른 대상을 찾진 않겠어.
세상이 아름답길 바라지만 나 있는 곳은 그러질 못해
오래도록 바라오던 소망이 있지만 이곳에서 말할 수 없어
어쩌면 우린 이름을 잃어버렸나봐
서로의 이름 불러주기도 전에 자신의 필요부터 밝힌다.

우리는 계산 않고 살 수는 없나
타오르는 불나비 같이……

세상이 아름답기 원하지만 나의 심장은 뛰길 원치 않아
완전하지 않은 곳이지만
이름 부르면 언제든 너와 함께 할 거야!

마법주문

아기일 때 알았던 것인데
인생엔 마법주문

To see is Acting
글 읽으며 느끼듯이
그림 보며 떠오르듯이

To see is Acting
새 보며 날아오를 수 있어
별 보며 빛날 수 있어

마법처럼 모든 게 가능해
세상 보며 아름다움에 젖어
느끼고 싶다면 신비주문 따라해
To see is Acting
보는 것은 하는 것이다.

영혼 립싱크

살아있음을 느끼고 싶어
문득, 영혼이 궁금해! 그림자처럼 잘 따라붙고 있는가
보이지도 않고 그다지 느껴지지도 않는 내 영혼,
얻으려면 어떻게 해야 하지?

숲속에 사로잡힌 별이 말하길
감정 잡아야 알 수 있어
불속에 뛰어든 나비가 몸짓하길
감정 실어야 느껴져
물속에 낭창거리는 달이 연주하길
감정 우려야 소리 낼 수 있어

별과 나비, 달이 합창하길
감동 없는 삶이란 단지 립싱크!

자화상을 시로 그리며

시 한 수 읊어줘요. 젊은 날 기억할 수 있게……
언제고 시가 되기 바라지만 기억하는 사랑이 없어
분명 날 위해 산 듯한데
정작 나에게 해준 게 아무 것도 없어.

속으로 생각했지
왜 땅바닥을 기어가는 삶을 살고 있을까!
그토록 바랐지만 원하는 사랑 얻지 못했어.

자화상을 시로 그릴 수 있다면
구색은 갖추었지만 열리지 않는 창처럼
나의 삶은 닫혀있어

나의 시가 되어줘, 언제고 떠날 수 있게
나의 사랑이 되어줘요.
세상 향해 열릴 수 있도록…….

늙은 고니

나는 늙고 힘들어 날개 펴지 못한다.
꿈이 있건만 펴지 못한 어깻죽지처럼 빳빳하다.

소망 이룬 기간은 꿀에 젖어 살았다.
찬란한 햇살을 자유자재로 쏟아냈다.
드넓은 대지가 먼저 다가와 내게 인사했다.

나의 눈은 언제고 하늘을 바라보았지만 이제는 지상에 가깝다.
정작 이루고 싶었지만
차마 꺼내지 못한 꿈이 애처로운 눈초리로 쳐다본다
그것에 내 원이 숨어있다.

첫사랑 같은 꿈
날개 꺾인 내 모습 같다
원하건대 내게 죽음을 달라.

돌아보면 회한과 탄식, 깊은 한숨
남들 따라 날고 적당히 뛰었을 뿐

화려하게 비상했지만 으슥하게 내려앉았다.

원하건대 내게 생명을 달라
한번이라도 제대로 날고 싶다
원 풀지도 못하고 죽을 순 없다.

나래 펴고 싶다
힘차게 퍼덕이며

죽을 때까지 끝난 게 아니다.
온 힘 다하여
불사조처럼……

나의 이야기

낯선 곳에서 힘들었어.
영겁의 세월에 복귀한다면 그 시절 잊을까!

꿈은 깨져야 제 맛인 걸 알았을 때
나의 청춘은 끝났고
슬픔은 어떤 환희를 동반한다는 걸 알았을 때
나의 인생은 깨졌어.

사랑, 그것 없이 살 수 있을까!
아름다운 것과는 거리가 멀지만
부끄럽지 않은 삶을 살았어.
사랑할 거야
불멸의 이야기는 이제부터 시작이야.

안간힘

네게 바통을 넘겨줄게
어쩌면 이어받기도 전에 주저앉을 수 있어
그래도 딛고 일어서야 하는 것은 삶이 아름다운 까닭이야

네게 바통을 넘겨줄게
무겁다고 넘어지고 좌절하는 건 양아치나 하는 짓이야.
넌 비겁하지 않아, 꿈 쫓아 춤출 수 있는 능력 있기 때문이지

안간힘 쓰며 삶에 경주해야 할 이유
오직 사랑하기 위해……
산다는 건,
사랑할 수 있는 기회 얻는다는 것

iii 아름다운 것엔 슬픈 빛이 난다

나의 별은 날개 단 거야

아름다운 것엔 슬픈 빛이 난다

내 마음의 비밀 알았지.
자유 느낄 때면
왜 항상 저미도록 가슴이 아플까!

나무와 풀잎, 작은 강에 쏟아지는 햇살
드넓은 들판 가로지르며 날아가는 새

내 존재의 비밀 알았지.
아름다움 느낄 때면
왜 항상 저미도록 마음이 아릴까!

그레이!

영국 유학 중에 만난 그녀
내 이름이 어렵다며 '그레이'라 이름 붙여 주었지.

영국 날씨와 잘 어울리던 이름,
북아일랜드 기운이 물씬 풍기던 을씨년스런 거리
비가 쏟아지는 날이면 카페에 들어가 차를 마셨지.
네가 선보인 영국식 억양, 애정 기울이자 기품이 보여.

어느 날인가는 Pub에 들러 에일 맥주를 같이했지.
누군가 나보고 DVD 팔러 왔느냐, 네 나라로 돌아가라며
빈정거렸어.
그저 무시해!
그럼에도 넌 마치 성난 스코트랜드 전사처럼 그에게 달
려들었지.
수잔, 그냥 무시해!
그는 샘이 났던 것뿐이야. 너처럼 매력적인 사람은 처음
보았던 거야.

교외 나들이, 세잔이 그렸을 전원,

윌리엄 터너가 색칠했을 해협,

나는 너의 웰시 모자에 들꽃을 꽂아주었지.

날씨만큼 회색바람,

모자에 꽂힌 들꽃을 날리고……

구름에 갇힌 석양이 짙은 실루엣을 그릴 때

난 땅에 비친 너의 그림자를 보며

우아하게 춤추며

풍만하게 하늘거리는 나신을 생각해냈다.

「그레이! 무슨 생각해?」

항상 동양인의 사고가 궁금하다며 관행적으로 묻던 눈빛

이 아니었어.

너의 스타일,

자연 속에 어울리어

마치 대지의 여신인 것처럼 옷을 벗었지.

너 따라 옷 벗으며

우린 미친 사람처럼 웃으며 들판을 내달린다.

숨이 차올라 네 이름 부르자

순전하게도 돌아보는 너

한동안 우린 서로를 뚫어져라 쳐다보다가……

오, 수잔! 르느아르의 누드화가 무척이나 사실적인 그림

이란 걸 깨닫는다.

숨이 고루 쉬어질 때쯤……

네가 소리쳤지.

'Grey! Run again.'

연푸른 들판을 질주하는 야생마처럼……

그러다 누가 먼저라고 할 것도 없이 넘어져

길자란 수풀 사이에서

너의 매끈한 허리를 끌어안는다.

들꽃이 날리던 들판, 회색바람,

그리고 새하얀 살결에 불길처럼 번지는 붉은 들장미

Suzan,

I`m Grey!

자유 느낄 때면

사랑보다 감미로운 게 자유인데
자유는 내 가슴에 불꽃같아.

세상을 향한 근엄한 날개처럼
자유는 날 태우며
날카로운 협곡, 아득한 해협 너머
이상(理想)의 꿈을 바라지.

그가 보여준 세계에 매료된 나는
들뜬 복숭아처럼 순진하게

그러다 휘몰아치는 폭풍,
날선 칼날처럼
내 가슴에 불꽃을 터트린다.

아, 자유의 목소리
들을 수 없는 맹아 대하듯
부르짖고 또 부르짖고

열망하는 자들의 가슴은 뜨거운 불길에 휩싸여

그는 나를 산산조각 내며,

또 산산조각 난 내 가슴을 이어 붙인다.

오, 자유의 불꽃

뜨거운 불길에 살다간 불꽃같은 인생이여!

자유롭지 못하면 사랑도 바라지 못해.

사랑보다 감미로운 게 자유인데

왜 자유는 내게 부드러운 소리 한 적 없을까!

자유 느낄 때면 항상

터질 것 같은 슬픈 감정이 앞선다.

다크를 사랑하였지

밀도를 좋아하고
깊어지는 걸 사랑하였지
몸 가눌 수 없을 정도로
내 영혼이 부서지는 걸 사랑하였네.

세상 모든 걸 가져도
네가 없다면 삶에 어떤 가치 있을까!
세상 모든 걸 소유해도
나를 잃어선 삶에 어떤 의미 있을까!

체념하기 원하지만
내 영혼은 안식을 알지 못하는 걸
예초부터 나란 존재는
덧칠하는 게 아니라 부서지고 깨어져야……

생애 속에 꽃피어난 쓰디쓴 다크,
절정의 네게 귀속될 궁극의 나를 사랑한다.

인간의 행복

인간이 원초적인 의미에 충실하여
행복할 수 있다면 얼마나 좋을까!
먹고 자고, 나누고 교감하고
서로에게 자유 바라고……

아, 인생이여
충실하고 싶지만 삶은 형식에 가득 찼어.
오, 자유여
다가가고 싶지만 보이질 않아.

무언가 혁신적인 걸 떠올려야 하는데
사랑이란 거 외엔
답이 없다.
사랑 밖에
대안이 없다.

떠올리는 것으로 누그러지는

내 숨에 열기가 많아 자연 떠올린다.
내 안에 얽매임이 많아 자유 떠올린다.
내 속에 공허가 짙어 사랑 떠올린다.

자연, 자유, 사랑,
그리고 이야기……
단지 아름다운 여행

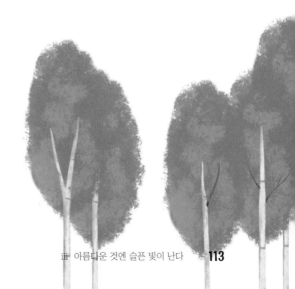

밤의 다뉴브

다뉴브강을 건널 때에 얼마나 많은 사연이 있었는지
알지 못한다.

일상처럼 스치는 낭만과 물결 따라 흐르는 불빛
평화는 정제되어 마치 당연한 것처럼
억압과 고난에 한숨짓던 역사 떠올리면
과거의 내가 누구였는지 궁리하게 되는 것처럼

거침없이 흐르는 강과 이방인의 궁전
두 물살이 기묘하여 강 밑바닥을 들여다보면
인간은 사랑받을 본모습 잃어버린 작디작은 짐승 같다.

다뉴브 건너며 강 표면에 부딪치는 수많은 별들……
얼마나 많은 사연이 있었는지 알지 못한다.

도보다리 위에서

그 다리를 건널 때에 역사가 기록하지 못한 밀어가
무엇인지 모른다.
그 다리는 푸른데 미래의 역사도 푸른 물결 따라
평화롭게 흘러가길……

그 다리가 붉어야한다면
물밑에 검은 물빛
세상에 둘도 없는 길동무의 우애로 헤쳐가길……

몽마르트의 낭만

언제 다시 몽마르트에 오르나
하늘 영광, 땅의 축복 알리는 대성당의 기품 무시한 채,
시인이 머물던 거리, 전쟁 피해 다다(Dadaism)를
고안해낸 젊은 철학자들
그리고 낯선 이의 발걸음에 새겨진 집시의 선율

몽마르트의 낭만은 언덕 너머,
테러 쫓는 무장경찰, 자욱한 암모니아 향
언덕 초입부터 자리한 색색의 관광 상품
어느덧 몽마르트는 비 맞은 나그네의 숨결을
기억하지 못한다.

언제 다시 오르나, 몽마르트!
그곳에 오를 때면 이 여행이 끝나지 않길 바란다.

페스츄리

삶은 페스츄리
겹겹이 쌓인 그 맛이 신비하여
그것을 구운 화덕을 감히 가늠할 수 없다.

탄생

우리가 태어날 때 어떤 축복이 있었는지 알지 못한다.
기억하는 건 울음 소리, 첫눈 뜨고 비롯된 낯선 풍경

세월이 무상하다면
성호가 그어진 자신의 존재 들여다보라.
아무도 원하는 것을 얻지 못했다.
그저 바라만 보아도 아름다운
너라는 존재가 있을 뿐……

헤매이는 별

밤새 서성이며 별을 본 적 있다.
쓸쓸한 바람과
궁색한 외로움

낭만은 은하수 너머 사라지고
핏빛 고독만이
잠잠한 소용돌이처럼 맴돌 때……

밤하늘에 온통 헤매이는 별

나의 별은 날개 단 거야

윤동주 시인의 '서시'에 답가 (-오마주)

쌓아놓은 아름다운 게 무너질 때 허무함을 느낀다.

생은 그럴지라도 삶마저 그리하면 안 되는데······

죽음과 맞바꿔서라도 나의 영혼을 지키고 싶다.

감방 가고 싶다

어차피 이번 생은 죽었다 생각한다.
초야에 파묻히듯
감방에 들어가고 싶다.

어차피 이번 생은 번데기 시절이라 생각한다.
번데기 몸으로 냉혹한 현실을 견디느니
차라리 감방에 들어가고 싶다.

껍질 벗어 날고 싶지만
변태할 수 있는 현실이 아닐뿐더러
날개 펴고 날 수도, 날만한 세상도 아니다.
활짝 날면 여럿 충격 받거나 상처 입기에 그렇다.

그러할 리 없겠지만
혹시라도
감방살이 대신할 수 있을까?

차라리 감방에 들어가

콩밥 맘 편히 받아먹으며

좋아하는 책 많이 읽고,

아끼는 글 내키는 대로 쓰게……

누가 감히 자유의 가치를 돈으로 환산할 수 있을까!

시급 일 만원, 감방 알바 구한다.

꽃의 기억

-복효근

어시장 꽃게들이 트럭에 실려 떠난 자리
꽃게들의 다리가 널려있다.

몸통은 어디론가 다 떠났는데
남은 집게다리는 아직도
지켜야 할 그 무엇이라도 있다는 듯이
꼭 아물려 있다 더러는
이쯤이면 됐다는 듯
무엇을 기꺼이 놓아준 표정이다

제 몸을 먹여 살렸던 연장이며
제 몸을 지키던 무기였던 것
종내는 제 몸을 살리기 위해
제 몸으로부터 스스로를 떼어냈을 터

몸통이 두고 갔거나

다리가 몸통을 떠나보냈거나

한 쪽 손을 두고 떠난 이주 노동자처럼

꽃게에게 마음이 있다면

집게발에 들어있을 것이다

끝까지 버틴 흔적,

그래서 남겨진 꽃게의 집게다리엔

슬픈 꽃무늬가 있다

(*복효근,「불교문예」봄호, 2015)

꽃 그림자 (Shadow of Flower)

제 주인 닮아

꽃 그림자도 꽃 모양이다.

바닥마저 꽃으로 아른거린다.

방황의 나날

왜 그런 일 겪었는지
어떻게 그런 일들이 일어났는지
어찌하여 그런 사람들을 만났는지

숙명이라면
피하고 싶고
운명이라면
받아들이고 싶지 않아

그래도 공헌한
의인처럼

헛되지 않았다!
거쳤기에 의미 있다, 지나왔기에 가치 있었다.
방황, 그리 말하고 싶다.

원리의 이유

원리를 따르고 원칙을 지킴은 그것이 참다워서……
매일 같은 끼니 먹어도 먹을 때마다 새롭게 느끼는 건
맛의 기쁨과 배고픔 면하는 만족을 알기 때문이에요.

원칙만을 고수하는 이는 빈축 사기 쉽습니다만,
원리를 따르는 노력은 원칙을 지키려는 행동에서 나오기에
나무랄 수 없어요.
다만, 원리의 요청에 의해 원칙이 바뀔 수 있단 걸
알아야 하죠.

원리원칙을 따르는 의지는 양심으로 드러납니다.
양심을 지키는 것은 옳고 그름이나, 정의의 문제가 아닌
사랑과 우정의 편에 서는 일입니다.
양심에 어긋난 행동으로 사람 이하의 취급 받는 이유는
인간의 본질적 가치를 저버렸기에 그러합니다.

인간의 모든 행동의 원리는
사람을 살리고 베푸는 것입니다
양심이 우정이고, 원리가 사랑입니다.

꽃의 날

꽃이 가득한 곳에 누워
하늘을 바라본다.

나 누워있는 곳은 어디인가!
나 바라는 하늘이 여기가 아닐지라도
나 원하는 바람이 불지 않을지라도

흔들림 없이 나의 길을 가겠다.

악법

악법도 법이긴 하나 지킬 필요는 없다.

당연히 존중할 필요도 없다.

악법인 줄 알면서도 행하거나

개선할 생각 없이 방관하는 것은 더 큰 악이기 때문이다.

겨울날, 문에 구멍이 생겨 찬바람이 들어온다.

어떻게 해서든 구멍을 막으려 하지 않겠는가?

신변의 일은 예민하면서 왜 정의에 관한 일은 무지한가!

악법은 구멍일 뿐

사람 말 듣자!

사람 만날 때는 두 마리의 개를 조심해야 한다.*

뭐든 판단해야 때, 두 마리 개를 조심해야 한다.

선입견, 편견

사람이 개 짖는 소리를 따라가는 것보다

더 애석한 일이 없다.

(*소중애, '두 마리 개가 사는 집-아집' 중에서)

시인의 정의

시인은 투사다.
무지와 편견,
시대에 가장 거칠고 흉악한 놈들과 맞서야 한다.
시인은 투견이다.
개같이 물어뜯고 어느 누구보다 완강하게 버텨야 한다.

허를 치는 상징으로
기막힌 은유로

어떤 적이라도 집요하게
어떤 관념이라도 끈질기게
혼신 다해 저항하는 잔다르크처럼
정신 나가 돌진하는 돈키호테처럼

잔다르크처럼 칼을 들라
돈키호테같이 창을 높게
돌진하라! 사랑을 위하여
투쟁하라! 자유를 위하여……

불면증

삶의 기적을 믿기에 오늘도 잠 못 이룬다.
우리 시대에 필요한 언어는 꿈도 아니고 희망도 아닌,
기적이다.

세습 자본주의를 찬양하라

통계청에 따르면 우리나라 어느 한 사람이 1600여 채의 집을
소유하고 있는데.
평생 노력해도 집 한 채 얻을까 말까하는 네게
미안한 말이지만 그는 오늘하루 집 열 채 정도 더 불렸을 거야.
기회는 없을 거야.
그들의 집과 재산은 경제학 지식으로 보다 똑똑해지고,
보다 넓은 인맥으로 무장하여 더욱 야욕에 찬 그들의 후손이
물려받을 테니까.
돈으로 체제를 관리하는 신들에 맞서 네가 할 수 있는 건*
체제순응형의 반듯한 톱니바퀴가 되는 정도……

세습 자본주의를 찬양하여라.
어떤 인간은 신이 되고
어떤 인간은 물건이 되는 기적을 볼 수 있을 것 같다.

(*마토바 아카히로 저, 홍성민 역「위험한 자본주의」
2015. 사람과 나무사이)

민(民), 난파

나는 배다.
내겐 항구가 없다.
바다 한가운데서 풍랑 헤치며
비바람 맞고
폭풍 불면 쓰러져야 한다.

나는 배다.
나는 난파되었다.

시인은 나라를 구할 수 있다

시는 총과 칼을 막을 수 있다.
눈먼 군인들의 구둣발에 짓밟힌 피를 깨울 수 있다.

끊이지 않는 권력자의 횡포
나락으로 떨어지는 조국의 명운을 위하여
시인은 붓을 든다.

내가 붓을 드는 이유
자본주의의 종말을 위하여!
자본주의가 지나가야 인간성을 회복할 수 있다.

아프고 죽을 것 같지만 빛을 내야 한다.
꽃잎처럼 머물다 스러질지라도
내 생애 가장 아름다운 빛을 내야한다.

고대했던 순간은 지나가고
고백하는 마음으로
다시금 혼신을 쏟아내야 한다.

떨리는 마음으로
예리한 영혼으로
내게 부여된 시간이 두렵다.

뛰고 싶다!

내 인생에 명장면

인생에 명장면 하나만 있어도 산 보람 있는 거야.

위스키봉봉

위스키를 처음 경험한 건 일곱 살 때야
초콜릿을 입에 넣었는데 위스키 과립이 터졌지 뭐야
뱉지도 못하고 입 안에 불이 난 줄 알았어.
'앗, 늑대의 초콜릿!'
근데 그 맛이 진득하게 좋은 거야.

달고 쓰고, 알싸하게 퇴폐적이고……

초콜릿 볼 때면 위스키봉봉이 떠올라
달고 쓰고 퇴폐적인 그 맛
아찔하게 핑 돌던 초콜릿 맛
반전이 있던 인생의 맛
양의 탈을 쓴 늑대에게도 사연이 있겠구나! 싶더라고

예쁜 나비

꿈꾸듯 춤추고, 노래하듯 날 거야
어서 허물 벗고 예쁜 꽃에게 날아갈 거야
너울거리는 햇살 따라 드높은 하늘 달릴 거야.

나는 꿈 많던 애벌레, 날개 잃은 나비
허물 벗으면 예쁜 나비가 될 줄 알았어.
몇 번이고 벗었지만 변한 건 없고,
날개는 돌아날 생각을 안 해

노력만으로 극복할 수 없는 세상이란 걸 알았을 땐
더 작은 애벌레인 걸!
–나 어떡하지?

나의 별은 날개 단 거야

아웃사이더 (Outsider)

가장자리 모퉁이에 아웃사이더,
준비되지 않은 명성 바라느니
꾸밈없는 바람으로 불어라

애꿎게 노여움 품지 말고 산뜻한 발걸음으로 떠나라.

주목받는 시냇물이 부럽거든
시냇가에 핀 꽃이 되어
아름답게 솟아라.

혼자임이 외롭거든 네 꽃에 사랑문양 아로새겨라.

창밖에 나

창밖에 난 바람과 비를 맞는다.

창밖에 난 소리와 친구다

창공에 부는 바람, 떨어지는 빗방울소리

창안에 머물며 따뜻한 차를 마시고 삶을 노래하지만

밤새 비바람 맞으며 서 있는 어린 새싹처럼

창밖에 난 무방비다

창밖에 나는 자연의 일부다.

망

벗어나면 불안해요

거미가 웃을 일이죠

와이파이, 데이터 망, 인터넷 선,

씨줄날줄에 묶여 헤어나지 못해요

우리는 어쩌면 거미의 지배를 받고 있는 건가요?

인생을 (For Life)

인생은 호텔
잠깐 머물다 가는 거

지상에 뛰어들어 무수히 지나간 생명들
간절히 살았지만 풀잎에 맺힌 이슬처럼 사라져간 이들
구태여 허망하다 말하고 싶지 않아
삶은 바람이고, 한번 든 생각
눈뜨면 보이는 것들, 귀 기울이면 들리는 것들
삶은 대체로 아름다운 걸

보고 듣고 말하고, 느끼고……
삶은 바람이고, 감각은 축복
어느 누가 이 모든 걸 준비했는지 모르지만
그저 감사할 따름이지
럭셔리한 호텔이면 좋겠지만 허름한 여인숙이라도
멋있게 머물다 가세라.

여행객

네가 들어선 땅에 고개 숙여라
꼬리표 다 떨어졌잖아
네가 뭘 했든 낯선 곳에 혼자잖아

네 자리에 돌아가서도
단순히 여행객이란 사실 잊지 마세라
우린 인생이라는 땅에 잠깐 와있다 가는 거다.

사랑은 움직이지 않는다

모든 게 갖추어져야 행복인줄 알았다.

예전의 나는 사랑 없이 허덕였다.

버릇처럼 사랑을 입에 담았지만 마음에 담지 못하였다.

사랑은 보는 것이다.

마음에 사랑 담고 보는 것이다.

가르치어 못된 버릇을 고쳐주고 싶어도

어그러지고 추하여 갈급한 모든 문제에도 불구하고

사랑은 그를 마음에 담고 들여다본다.

삶의 막을 거두며

유일하게 살아있음을 감사한 새벽
창 열고 하늘을 본다.

모든 막은 걷어내야 하는 걸

오늘 살지만
내일 살아있음을 예견하지 못한다.

삶의 찬가는 미명처럼……
기쁨은 잠시, 고뇌는 가득
신음에 겨워 낸 목소린
「언젠가 거두겠지!」

오늘, 창마저도 하늘의 맑음을 흐린다.

나의 별은 날개 단 거야

가장 빛나는 별이 있어······

사랑의 완성은 모든 사람을 사랑하는 것이고
인생의 완성은 선과 악을 분별하는 것
이 둘이 상충하지 않는 이유는 원리원칙을 따르기에

원리대로 살고 원칙대로 사랑하지 않음은
그 근원이 마음에 있기에······

마음의 완성이 사랑이며 곧 인생
마음이 별.

쌩떼쥐베리의 별

바람 불어 황금물결 굽이친다. 사막에 모래파도 일렁인다. 수많은 저 모래알은 어디에서 왔을까? 지구에 부딪친 모래행성이 물방울처럼 스며들다 말고 석류열매처럼 토라져 나온 것 같다.

'샘이다!'

하늘에서 발견하는 오아시스엔 특별한 의미가 있다. 마치 밤하늘의 별처럼 사막의 샘이 반짝인다. 왼쪽날개 기울여 샘에 뻗는다. 가까이 다가가보니 오아시스 샘을 보호하려는 것처럼 자주버들나무가 에워싸고 있다. 나는 샘에게 '왕자별'이란 이름을 붙여주었다.

'쿵'

날개는 왕자별에 닿는다. 마치 그 일을 기념하려는 것처럼 기체에서 이상한 소리가 났다. 대수로운 일은 아닐 것이다. 다만 비행기속도를 측정하는 PITOT관에 이상이 생겼는지 계기판이 멈추었다. 눈부신 햇살이 사막의 황량함을 고스란히 드러냈지만, 샘은 여전히 내 뒤에서 반짝일 것이다.

'부우웅'

한참 날았지만 사막은 그 끝을 보이지 않는다. 사막의 고요함을 시기하는 것처럼 헤더(*비행기 전방부)에서 폭발음이 터졌다.

'기이잉 쿠쿵!'

맞물리지 못한 톱니바퀴가 도는 힘을 감당하지 못해 으스러지는 소리가 요란하다. 곧이어 비행기엔진이 멈췄다. 들뜬 비상탈출 레버가 절망적인 신호를 보냈다. 사막 한 복판에 떨어져야 한다면 어떻게 추락해야 생존 가능성이 가장 높을까! 나는 동남쪽 오아시스를 떠올렸다.

'쿠르르르……'

추락하는 것도 기술이 있다. 수직 곤두박질도 멋진 일이나 지금은 살아야 한다. 엔진의 힘이 아닌 관성으로 날아가는 비행기는 총알 지나가는 소릴 냈다.

'피융-'

주 날개는 선회하여 공기저항 만들고, 동체 띄워 마찰 일으켰다. 그럼에도 나의 비행기는 지나치게 급강하한다. 폭발 면하기 위한 마지막 선택, 꼬리날개를 가라앉혔다. 드디어, 고대해 마지않던 그 순간이 다가왔다.

'''쾅!'''

상대가 누구라도 삶은 감자 으깨듯 간단히 제압할 것 같은 어마어마한 충격파가 느껴졌다. 비행기는 롤러코스터처럼 모래 위를 미끄러진다.

'슈슈슝-'

모래언덕의 급경사가 거친 암초처럼 기체에 걸리며 사정없이 몸을 뒤흔들었다. 조종간 레버가 튀어나가는 소리, 헬멧이 벽에 찧는 소리가 요란하다.

'기이잉, 타닥……'

불꽃 터지는 소리와 함께 타는 냄새가 코를 찔렀다. 매캐한 연기 속에 파묻힌 의식이 저 멀리 달아나려한다. 이걸 붙잡아야할까, 자연스러운 수면처럼 받아들여야 할까.

'뭐, 환영 못할 것도 없지!' 기절이 잠처럼 자연스러운 것이라면…….

앙다문 이를 풀려는데 이보다 무책임한 사치는 없을 것 같다. 엿가락처럼 휘어진 핸들이 찌그러진 조종간과 합

세하여 다리를 짓눌렀다. 죽는다 해도 다리가 없어서는 곤란하지! 벼랑 끝에 선 의식을 가까스로 부여잡고 핸들 잡아당겼다. 발목이 뒤틀렸지만 필사적으로 빼냈다.

'콰르릉, 쾅!'

두 번째 충격파에는 꼼짝하지 못했다. 고무줄처럼 팽팽해진 의식 너머, 날카로운 무언가가 턱에 닿는 것이 느껴졌다. 비행기 왼쪽날개는 동남쪽 오아시스 샘을 가리킬 것이다.

。

뺨 간질이는 바람이 가냘픈 휘파람소릴 내며 지나갔다. 가슴에 두른 격자 안전벨트가 중세의 십자군 전쟁에 참여한 가죽갑옷처럼 너덜너덜하다. 헬멧의 상태도 나아보이진 않았다. 관자놀이에 간신히 걸쳐있던 헬멧은 턱밑에 구멍이 뚫린 채였다.

"윽!"

해치 열려는데, 옆구리가 욱실 쑤신다. 핸들 막대기로 지렛대 삼아 가까스로 해치를 열어젖히니 뿌연 모래바람이 흩날리는 빗줄기마냥 불어온다.

'휘잉-'

바람 타고 들어온 모래알이 조종석을 점령한다. 등줄기에 땀이 흥건하다. 화염에 둘러싸인 태양이 이글거리는 눈빛으로 쏘아보며 묻는 것 같다.

'시간은? 방향은?'

무한의 공간에 한쪽 다리 걸치고 있는 것처럼 사막의 지평선은 의뭉스럽기 짝이 없다. 비행기 날개에 발 딛고 내려서려는 순간, 심한 어지럼증이 느껴졌다. 바람에 실린 비사가 아지랑이처럼 아른거리며 사방에서 뜨거운 열기를 토해냈다.

'쿨럭!'

식도 타고 입 밖으로 피가 흘렀다. 또다시 멀어질 것 같은 의식을 다독이며 비행기 기체 안으로 기어들어갔다. 아물거리는 아지랑이처럼 어떤 생각이 떠오르기 시작한다.

'사막의 수많은 모래알은 저마다 비밀 간직한 채로 거대한 고래뱃속에 웅크리고 있는 꿈 알갱이 아닐까!'

'이 모든 게 꿈이라면!'

잔혹한 현실임을 일깨우려는 것처럼 비행기 이착륙에 쓰이는 랜딩바퀴가 매스꺼운 고무냄새를 풍겼다. 비행기 동체 안의 낮은 천장이 일어서지 말라고 경고했지만 단번에 알아듣지 못했다.

"이키!"

머리 위의 혹이 토하는 아이처럼 통증을 게워냈다. 쓰린 속을 달래려 비상식량 뜯었지만 맘껏 먹을 수는 없다. 맛보다도 조바심이 더 크게 느껴진다. 어느 틈엔가 엄지손톱에 스며든 모래알이 무척이나 따갑다. 까끌한 모래알이 몸 전체에 스며든 것처럼 쑤셨지만 병상에 환자처럼 느긋할 순 없다. 꼼지락거림에 불과할지라도 움직여야 한다.

날갯부리가 반쯤 잘린 오른쪽날개가 이미 주저앉은 왼쪽날개를 곧 뒤따를 성싶다. 적당한 파이프를 뜯어내어 축대삼고, 기다란 파이프는 기둥삼아 날개를 받쳤다. 엔진 배기통을 뜯어내어 기체 밑동에 개었다. 추락할 때 발목이 틀어졌는지 심하게 부어올랐다. 턱 밑에 큰 피딱지가 내려앉은 걸 확인한 순간은 그다지 유쾌한 경험이 아니었다.

'휴!'

날개기둥 세우고 숨 한번 쉬었을 뿐인데, 하루해가 지려 한다. 사막은 우선순위 정하는 것은 삶의 방식이 아닌 생존의 문제라고 경고했다. 비상 캐비닛 열어 어둠과 추위와 싸우기 위한 준비를 했다. 사막의 밤은 날카롭고도 차갑다. 테이프로 기체 안의 벌어진 틈을 막고 작은 천막 꿰어 침낭을 마련했다.

'쉬이잉'

어느새 완전한 밤, 어디선가 새는 소리가 들린다. 동체 천장에 뚫린 구멍 사이로 바람송이가 드나들며 낮은 휘파람소릴 내었다. 을씨년스러운 풍경에 하루 종일 시달린 것처럼 몸과 마음이 흐느적거린다. 바람의 휘파람소리는 점차 절망적인 속삭임으로 변했다.

'아마도 살아남기 힘들 것이야!'

비행기 동체 안에 발 뻗을 자리 확보하고, 천장을 바라본 순간, 모든 게 정지해 버렸다. 사막은 고즈넉한 정원이 되었다. 천장 구멍 사이로 새어든 별빛이 영롱하여 숨 막힐 듯 아름답다. 마치 하늘에 우물 파놓고 그 안에 가장 예쁜 별만 모아놓은 것 같다.

별 담은 하늘 우물

송아리 별이 알차다.

나는 저 안에 있었던 거야.

별을 보며 해맑은 향수에 빠지는 것은

나를 잃어서이다.

나 잃은 나는 자유를 알지 못한다.

단지 구원을 바랄 뿐……

눈이 별을 담아 샘이 빛난다.

나는 저 안에 있는 거야.

그날 밤은 비행기 동체 천장에 새겨진

하늘우물의 별들이 눈물을 샘물처럼 흘렸다.

그저 별 바라보다 죽은 듯이 잤다. 잠결에 머리맡이 무척이나 시원하다고 느꼈다. 낮의 사막은 별의 종적을 완전히 감추었다. 사람이 짐승처럼 한 마디 목소리만 낼 수 있다면 어떤 소릴 낼까? 나는 '아'를 택했다. 지평선 끝으로 메아리 없는 '아' 소리가 오롯이 혼자임을 알린다.

"아아……아아아아!"

먹을 만한 걸 긁어모았다. 마른 비스킷과 2리터 남짓의 물, 그리고 아몬드 몇 알. 모래알이 스며든 엄지손톱이 뽑혀나갈 듯 아리다. 불시착한 비행기는 엄지손톱 이상의 고통을 호소했다. '무엇이 문제였을까?'

엔진이 꺼지며 이착륙 바퀴도 펴지지 않았다. 비행기 몸체의 외피를 이루는 주 스킨부와 랜딩기어 장착부에는 이상이 없어 보인다. 새의 사체나 깃털도 보이지 않는다. 다만 착륙 중 충돌에 의해 비행기 옆구리가 어마어마하게 찢겨나갔다. 스무 걸음 떨어져 보면 내장이 파열된 거대한 생선 같다.

주저앉은 날개 위로 해와 바람, 그리고 지평선이 끊임없이 속삭였지만 그들의 언어를 알아들을 수 없다. 해는 지나치게 밝아 바라볼 수 없고, 바람은 형체가 없어 볼 수 없고, 지평선은 끝을 알 수 없어 보이지 않는다.

알 수 없는 세상에서 꿈꾸길 원한다면 살아남는 수밖에…… . 낙하산 캐노피 펼쳐 비행기를 덮고, 매슥매슥한 랜딩바퀴 떼어내 저 멀리 굴려 보낸 순간, 사막이 변모해 있었다.

'샤르르 샤륵!'

노을이 붉다. 반쯤 스치고, 반쯤 타들고…… . 노을은 파도처럼 소리를 냈다.

'샤르르 샤륵…… .'

사막은 황금물결처럼 굽이치며 작고 섬세하게 동작했다. 거대한 물안개처럼 피어오르는 모래바람이 이렇듯 장엄할 수 없다. 루비를 꿈꾸는 붉은 바다인 것처럼 하늘이 빛난다. 이내 찾아온 밤의 정원 속, 잊고 있던 별을 되찾았다. 더블백에서 다이어리 꺼내든 순간, 다이어리 책갈피로 삼았던 장미가 떨어졌다.

'토독!'

그 소리는 마치 다람쥐가 도토리를 떨어트리는 소리처럼 들렸다. 다행히 꽃잎은 무사했지만 앙증맞게 붙어있는 장미가시가 밑동을 삐죽인다. 장미는 샐그러진 눈길을 보냈다.

「가만 둘 줄 알아? 나는 세상에서 가장 아름답고 용기 있는 꽃이라고!」

장미는 살아 있는 것처럼 말했다. 그녀가 말한 용기가 무언지 잘은 모르겠지만 살짝 건들면 부서질 것 같다. 깡마른 장미를 다이어리에 고이 넣었다. 사막에선 살아있는 것들의 발자취마저 그립다. 거미의 털 많은 다리에도 키스할 수 있을 것 같다. 혹은 보아뱀의 비밀스러운 똬리에도 기꺼이 안길 수 있을 것이다.

사랑이 있는 풍경은 언제나 아름답다.
하지만 아름다운 사랑이라고 해서
언제나 행복하기만 한 것은 아니다.
그 사랑이 눈부실 정도로 아름다운 만큼
가슴시릴 정도로 슬픈 것일 수도 있다.

행복한 사랑과 슬픈 사랑.
참으로 대조적인 것처럼 보이지만,
그 둘이 하나일 수 있는 건 오직 사랑만이 가질 수 있는
기적이다. - ♬1

노을은 불타듯 아름다웠지만 이내 꺼졌다. 그는 어둠 내려놓고 종적을 감추었다. 풀 한포기 없던 사막도 사랑이 충만하여 아름다웠지만, 이내 두려움 떠안고 움츠려든다. 밤하늘에 별이 어둡다. 빛 잃은 별은 흩어지는 모래처럼 흔들렸다.

조종석에 올라 쓸 만한 것이 있나 살폈다. 조종석 나침반은 심하게 망가져 페달 잃은 자전거처럼 가망이 없어 보였다. 나침반 바늘만 집어냈다. 오늘 마실 물을 짜내어 반납에 담아 나침반 바늘을 물에 띄웠다. 물의 장력도 이기지 못한 바늘은 암초에 걸린 조각배처럼 유랑한다. 그때,

'스윽'

전갈이 두더지마냥 모래 위로 떠올랐다. 전갈은 내숭스런 다릴 뻗어 모래알갱이 고르듯 모래바닥 누비며 앙증맞게 쏘다녔다. 어느 솜씨 좋은 뜨개질장이가 겹겹이 매듭지은 올실로 살뜰히 손뜨개질하여 만들어 놓은 것 같다. 녀석의 생김새가 이채로워 눈을 뗄 수 없다.

'쉬익 쉬익!'

전갈은 집게발 꿈쩍거리며 층진 꼬리를 연신 흔들어댄다.

'쉬익 쉬익—'

춤이라고 해야 하나, 공갈이라고 해야 하나! 녀석의 기묘한 공갈춤이 어찌나 잔망스러운지 비스킷을 나누어 주고 싶은 걸 꾹 참았다. 전갈이 사라지고 정체모를 미련이 들기도 했다. 곁에 두며 벗하였으면 참으로 좋았을 걸……

사막엔 달이 없다. 구름은 흘러가지만 머물지 않는다. 바람과 구름, 그리고 별과 시. 잡히지 않는 것으로 나의 삶이 채워진다. 진득하지 아니하여 편안한 모래바람이 분다.

'휘이잉~'

사막을 색으로 말할 수 있다면 어떤 색깔일까! 솔리티드 브라운(Solitude Brown), 사막의 색에 사로잡힌 마음이 시시각각 변한다. 알 수 없는 고즈넉함, 십분 후엔 커피향과 같은 여유, 그리고 삽시간에 찾아온 피 말리는 침묵. 식량이 이틀 치도 남지 않았다. 지중해 햇살에 덥혀진 듯한 푸근한 미풍이 뺨을 타고 흘렀다.

'샤륵 샤르르!'

별이 없다. 바람에 쓸렸는지, 구름에 묻혔는지 별이 뜨지 않았다. 별은 언제나 떠있지만 발견하지 못할 뿐이다. 밤하늘이 전율했다. 나는 그것이 구름이 지나가며 내는 소리라는 걸 미처 알지 못했다.

'샤륵 샤르르!'

온 천지가 먹구름이다. 나는 미친 사람처럼 웃음소릴 터트렸다.

"하하하, 구름이다."

낙하산 캐노피를 펼쳐 비 받을 준비를 했다. 천막을 찢어 괴었다. 세상의 모든 비를 받을 것처럼 어둠 속에서 날뛰었다.

"와! 하하하……."

밤새 기다리며 비를 고대했다.

ㅇㅇㅇㅇㅇ

빗살무늬 물결에 별이 종이배처럼 떠다닌다.

'풍덩!'

빗물이 고인 웅덩이에 뛰어들자 온몸에 가득한 청량감, 저 너머 그리운 얼굴이 보인다. 뛰어가려는 순간, 물웅덩이 밑바닥에서 무언가 발목을 낚아챈다.

"아?"

잠에서 깼다. 너른 햇살이 의아할 따름……. 너무나 반듯한 사막 아닌가! 캐노피가 바람에 날려 뒤집혀 있었다. 잠결에 언뜻 빗소리를 들은 것도 같은데……, 밤에 자리했던 수많았던 구름은 씻겨간 듯 실구름도 보이지 않는다.

'쉬잉~'

기대 저버린 바람이 오르골 소리를 내며 하늘 위로 떠올랐다. 모래 한 줌 움켜쥐는데 탄식 같은 숨이 새난다. 차라리 짐승이 되어 미친 듯이 울고 싶다.

"아아아!"

입이 있는지 무색하게 말소릴 입 밖으로 내지 않았다. 나에게 인사 건넸다.

"안녕?"

사막은 미치기에 적당하다. 사막의 낮은 일 년 같고, 별을 볼 수 없는 밤은 십 년 같다. 나는 27년 동안 독방에 갇힌 수감자다. 비스킷은 부스러기도 찾아볼 수 없게 되었고, 물은 고작 두 모금밖에 남아있지 않다. 나는 세상의 이름도 잊어버렸다.

"안녕, 피에르!"

나에게 이름 지었다. 황량한 벌판에서 나를 지킬 수 있는 유일한 방법처럼 여겨졌다. 피에르는 날 보며 물었다.

"오늘은 무엇부터 할 거야?"

설핏 웃음이 터졌다. 할 만한 것도 없는데……

"기다릴 뿐이지."

소식 기다린다. 어떤 호기심 많은 비행기 조종사가 사막 횡단하기를, 실크로드 개척한 마르코 폴로가 근사한 쌍봉을 등에 얹은 낙타를 이끌며 지나가기를……

"낙타다. 낙타가 나타났다."

피에르가 천연덕스럽게 말했다. 나는 늑대가 나타났다! 외치던 양치기 소년을 떠올리며 인상을 찌푸렸다. 그런데 정말로 큼지막한 쌍봉을 귀에 단 동물이 눈앞을 스친다.

'샤륵 샤르르!'

사막여우다. 마치 물 위를 달리는 것처럼 사막여우가 야트막한 사막 봉우리를 건너고 있었다. 얼마나 잽싼지 발이 보이지 않는다.

「왜 그러고 있지?」

꾀꾀로 멈춰선 여우가 쌍봉 귀를 팔랑이며 말했다. 놈은 보이지 않는 발로 왼쪽날개 방향으로 빠르게 사라졌다. 전갈과 사막여우, 살아 움직이는 것들의 발걸음. 주저앉은 왼쪽날개가 떠오르기 시작한다.

'오아시스 샘!'

사막이 아름다운 이유는 어딘가에 샘을 숨기고 있어서이다. 나는 쓸 만한 물건을 찾아 동체 안을 뒤적였다. 예상치 못한 곳, 적재함 아랫단에서 비상식량이 우수수 쏟아져 나왔다.

'……?'

피에르는 입을 다물지 못했다. 나는 피에르의 머리통을 두들기고 싶다.

"피에르, 이런 바보 같은 놈!"

"하하하"

욕먹었어도 그는 웃었다. 공지 같던 하늘이 깜장으로 물든다. 사막은 충만하여 환희에 젖고, 역동하여 기쁨에 빛난다.

"오아시스를 찾는 거야!"

피에르는 바람에 휘날리는 낙하산 캐노피를 바라보며 한참이나 뜸 들였다.

"그……그럴까."

망설임이 섞여 있었지만 피에르는 대체로 동의했다. 그의 근심스러운 낯빛에서 내 마음에도 비슷한 것이 있음을 발견했지만 애써 외면했다. 기다리다 머물 순 없다. 구원은 스스로 이루는 것이다.

"피에르, 깃발 올리자."

남겨질 비행기를 위해 깃발 만들어 해치 위에 꽂았다. 깃발 아래 글씨를 새겨 넣었다.

「목마른 그대라면 찾아오세요. 오아시스는 왼쪽날개 방향으로 있습니다.」

식량은 두 달 치 버틸 수 있을 정도는 된다. 침낭과 식량 꾸러미를 들어보니…….

"피에르, 다른 이를 생각해!"

누군가 나와 같은 처지의 인물이 이곳을 지나친다면……, 무언가 기대한 그에게 실망을 안겨줄 수는 없다. 그가 느낄만한 것은 실망 정도가 아닐 것이다. 나는 꽂아둔 깃발 밑, 조종석 뒤쪽에 비상식량 두 봉지를 집어넣었다. 두 봉지라고는 하지만 일주일 분량은 될 것이다. 어차피 잘 되었다. 짐이 무거우면 행군도 힘들 테니……

"해야, 말해다오."

태양이 눈이라면 세상 모든 걸 보고 있을 것이다. 나는 보이지 않는 것을 찾으려 한다. 그걸 위해 기꺼이 목숨 걸려한다.

"피에르, 샘이 보여?"

할 수만 있다면 피에르를 태양에게 보내고 싶다. 왼쪽날개가 가리키는 방향 따라 해가 어떻게 움직이는지를 파악했다. 바람에 나부끼는 나침반 바늘은 믿을 것이 못된다. 못미더운 그것을 고이 호주머니에 넣었다. 나침반 바늘은 깃발처럼 언제고 희망을 상징할 거야!

'샤륵 샤르르'

사막여우가 사라졌던 자락이 눈에 들어온다. 비록 눈에 보이진 않지만, 여우는 모래둔덕 아래에서 발이 보이지 않을 정도로 열심히 뛰어다니며 먹이 찾고 있을 것이다. 또다시 그가 나타난다면 비스킷 한 조각은 건넬 수 있다. 비상식량 발견한 것만큼이나 큰 기쁨을, 그날 밤의 별은 희망을 노래하며 환희에 차올랐다.

날이 밝아 가슴이 벅차다. 피에르의 응원소리가 메아리 치듯 귓가에 닿았다.

"모두 마셔버리는 거야!"

피에르는 오아시스 샘을 찾는다면 샘이 마를 때까지 모두 들이킬 거라 엄포를 놓았다. 나는 자신만만하게 행군했다. 이토록 삶의 열망에 들떠 활기 넘친 적이 없다.

'헉헉……'

벅차오른 자신감은 얼마 가지 않았다. 금세 달아오른 모래알이 뜨거운 열기를 토해낸다. 등에 진 짐은 왜 그리 무거운지……. 뒤돌아보니 나의 집, 비행기는 보이지 않는다. 그에게 작별인사도 건네지 못했다. 반평생을 같이한 친구인데…….

'잘 있거라. 비행기야!'

포기하고 걸음하려는 순간, 어떤 마음이 샘솟아 비행기를 향해 무작정 뛰었다.

'헉헉!'

인사를 건네야 한다. 아쉬움만 삼키기엔 우리의 인생이 너무 짧다. 지나온 발자국이 그새 희미해져 있었다. 모래바람이 삼키고 간 나의 발자국 끝에서 그가 보였다.

"안녕, 나의 날개여!"

모자챙처럼 내려앉은 낙하산 캐노피가 잘 가라며 모서리 끝단을 펄럭였다. 눈에 비친 비행기는 언뜻 정수리가 움푹 들어간 중절모 같다. 되돌아오는 길에 피에르의 어깨가 축 처져 있는 것이 보였다.

"피에르, 태양을 점검할 때야."

방향도 점검할 겸, 잠시 쉬었다. 기억자 모양의 줏대잡이를 바닥에 놓고 한쪽 모서리를 태양의 접점에 놓았다. 10분 정도의 시간동안 해가 이동한 간격을 헤아리면 방향을 잡을 수 있다. 모래 위를 걷는 것은 구도자의 삶과 같다. 결코 굳지 않는 땅은 목마름과 갈급함 헤이며 있어야 할 곳에 대한 꿈을 동경하게 한다.

'데굴데굴'

발 디딘 모래더미가 순식간에 무너지는 바람에 바닥을 굴렀다. 늪처럼 발이 푹푹 꺼진다. 성가신 모래알이 발등에 붙어 따가운 가시처럼 찔렀다.

문득 씻고 싶다. 시원한 물에 몸 담그고 옆구릴 긁적일 수 있다면 얼마나 좋을까! 비상식량은 건조한 것들이라 입안이 뻑뻑하다. 갈증이 더욱 심해져 입에 대기도 싫다. 처음엔 일부러 삼키지 않고 질겅질겅 씹으며 침을 만들었지만, 이내 토 나올 것처럼 속이 울렁거리며 머리가 아프다. 늘어진 시계가 어딘가에 숨어있을 것 같다. 밤의 장막 친 사막은 살바도르 달리의 그림과 같은 그로테스

크한 어떤 회화에 빠져든 느낌을 준다.

"피에르, 말 좀 해주겠니?"

삶이 고달픈 이유는 가뜩이나 외로운데 고독하기까지 하기 때문이다. 피에르가 가만히 속삭인다.

'별은 오늘 밤도 끄떡없을 테고, 나도 아직 괜찮다.' - ♫2

피에르는 위안 주려 한 말이었을 테지만 하릴없이 눈물이 흘렀다.

'피에르, 나는 괜찮지 않아. 슬픔의 별에 홀로잖아.'

갈증은 눈물까지도 탐하였다. 눈 밑 쓴 손가락을 빠니 아롱진 눈물이 혀에 감긴다. 수분 보다는 모래가루가 닿는다. 문득, 내 몸에서 가장 고생하는 놈은 팔이나 다리가 아닌 혀가 아닐까 생각되었다. 왜 그런 생각이 들었는지는 모른다. 다만 그토록 애타게 갈구하였지만 끔찍할 정도로 안타까운 모래가루 맛을 안긴 것이 못내 미안했다.

비행기 추락 17일 째, 쓸쓸한 침묵과 지옥 같은 휴식, 유일하게 밤별이 위로가 되었다.

ooooooo

예상은 했지만, 태양이 알려준 이동경로가 동쪽으로 약간 치우쳐 있다. 시시때때로 점검한 줏대잡이는 지그재

그로 행진하고 있다는 걸 알렸다. 온전한 나침반이 있다면 희망을 낭비할 일도 없을 텐데…….

"피에르, 물 없어?"

물은 나흘 째 마시지 못했다. 한 모금 남아있던 물은 행군 첫날, 게 눈 감추듯 없어져버렸다. 내가 마신 것 같진 않다. 기억 속을 아무리 헤집고 찾아봐도 물마시던 순간이 떠오르지 않는다. 기억이고 물이고, 순식간에 증발한 것 같다.

"피에르, 물은 네가 다 마셨지?"

피에르의 가상의 몸을 만들어 모래 바닥에 패대기쳤다. 갈증만큼 사람의 혼을 쏙 빼놓는 것도 없다. 분노는 우주적 크기로 확장되어 저주를 쏟아낸다.

"죽어버려. 내 곁을 떠나!"

피에르에게 온갖 저주의 말을 퍼부었다. 저주 받은 사막에 우주적 분노를 쏟아 부었다. 피에르는 떠나지 않았다. 그는 눈을 들어 별을 보길 원했다.

'날개를 찾아. 발견해야 찾을 수 있어. 보이는 별은 너의 별이 아니야.'

비행기 집을 떠올린다. 중절모 모자챙처럼 나풀대던 낙하산 캐노피와 랜딩바퀴, 살아서 고향에 갈 거야. 가족들 품으로…….

'푸드륵 붕–'

어디선가 풍뎅이 한 마리가 나타나 눈앞에서 붕붕거렸다. 풍뎅이는 등갑 속에 감추어둔 속날개를 파르르 떨었다.

"이집트에서는 풍뎅이가 신의 상징이라는 걸 알아?"

어느새 풍뎅이의 입을 빌린 피에르는 신화에 대해 이야기 꺼냈다.

"풍뎅이 날개 색깔을 통해 너의 미래를 예견할 수 있어."

나는 재빨리 풍뎅이의 날갤 살폈다. 고운 그물에 배어낸 것처럼 빨간 색깔이 나풀거린다.

"빨간색은 태양신의 어머니, 이지스가 피의 재물을 원한다는 뜻이야."

지평선에 걸린 태양이 아주 잠시 말발굽 모양으로 빛났다. 보물상자 여는 열쇠처럼 그것은 어떤 신세계로 초대했다.

"피에르, 이런 건 아무도 보지 못했을 거야."

진주운석의 무리가 보석처럼 반짝였다. (*진주운석(Ordinary Chondrite): 콘드라이트, 유성의 잔해) 나는 발밑에 박석을 유심히 살폈다. 어느 행성이 부딪쳤는지는 모르지만, 청동거울을 들여다보는 것처럼 박석 속에 별이 너울거린다. 널따란 연못처럼 펼쳐진 박석은 하늘과 땅의 간격을 그대로 비추었다. 심해 속에 숨겨놓은 것처럼 별이 깊다. 시선을 조금만 달리해도 박석의 편각 무늬가 별을 굽이치게 만들었다. 어떤 편각 무늬에 사로잡힌 별은 갈라지고 쪼개지어 이삭에 모인 보리와 같이 아롱진다. 별이 촛불처럼 흔들린다.

"와!"

편각에 걸린 작은 별은 불꽃처럼 남실거렸다. 고개를 살짝만 돌려도 별이 안개꽃처럼 피어난다. 별은 오랜 잔상 남기며 바람에 날리는 꽃잎처럼 흔들린다. 피에르와 나는 넋 잃고 춤추는 별을 감상했다. 아름답다기보다는 어떤 슬픔 예감에 둘러싸여 처량하다. 발밑의 별들에게 '이지스의 보금자리'란 이름을 붙여주었다.

○○○○○○○○

이지스의 보금자리를 떠나올 때에는 미련이 많았다. 보석보다 값진 운석은 들여다보는 것만으로도 벅차다. 마치 우주와 내가 연결되어 있는 것 같다. 피에르는 끝끝내 고집 꺾지 않았다.

"여기 있을 거야!"

난 그저 담담히 주먹 크기의 진주운석을 들여다보았다. 운석이 뿜어내는 기묘한 광택에 당장이라도 몸이 녹아내릴 것 같다. 갈증과 피곤이 광택만큼이나 번뜩인다. 더블

백을 어깨에 이고 걸음 떼려는 순간, 눈물이 그렁한 채로 피에르가 매달렸다.

"여기 있자."

나는 물끄러미 피에르의 눈동자를 바라보았다.

"피에르, 이지스의 보금자리에는 독사가 숨어있어. 우리는 샘을 찾아 떠나야 해!"

나도 아름다운 곳에 머물다 죽고 싶다. 동떨어진 박석에는 물방울 문양이 목걸이처럼 새겨져 있다. 마치 태초의 태양신 '라'를 물려는 이지스의 독사 같다.

이지스는 독사를 풀어 라를 해하려는 음모를 꾸몄다. 계략이 성공한 탓에 그녀는 태양신의 어머니가 될 수 있었다. 신화마저 사랑의 역사가 아닌 건, 살아남는 건 누군가의 희생을 요구하기 때문이다.

'헉헉'

이지스의 아들은 하늘 꼭대기로 오르며 땡볕을 내뿜었다.

'헉헉……'

내 숨은 독사에 물린 라처럼 가쁘다. 오아시스는 없을 것이다. 있다 해도 나 가는 방향에 있지 않을 걸, 처음부터 왜 그렇게 확신했을까! 예초에 왼쪽날개 방향이 아닐 것이다. 바보란 눈먼 자아에게 앞일을 맡기는 것이다.

'나를 피에르라 불렀던 것부터가 바보짓이지!'

미치지 않으려고 꾸민 일이긴 하지만 어이가 없다. 피에르를 부르던 난 누구냐? 문득 소금이 먹고 싶다. 투명한 물이 걸쭉해질 정도로 소금 집어넣고, 동동 띄운 얼음을 입술에 느끼며 마시고 싶다.

'돌아갈까? 피에르……'

버릇처럼 피에르를 찾았지만 그는 보이지 않았다. 계속 나아가자니 막연하고, 돌아가자니 막막하다. 갈 길, 가야 할 길, 되돌아갈 길, 길이란 길 모든 길에 유린당한 것 같아 가슴이 먹먹하다.

'휘잉-'

폭풍처럼 거친 바람이 잠잠해질 즈음, 오아시스 샘이 나타났다. 있었는지 몰랐던 심장이 뜨겁게 맥박 쳤다. 너무 쉽게 드러난 샘이라면 꿈일까, 신기루일까! 나는 풍뎅이의 날개 빛을 떠올렸다.

'조심해! 이지스는 피의 재물을 원하고 있어.'

어느덧 나타난 피에르가 속삭였다. 눈 감고 다시 한 번 쳐다보니 오아시스는 사라져있다. 유혹은 달콤하지만 그는 내게 샘을 주지 못한다. 되레 죽음과 친숙해질수록 삶과 가까워진다. 땅 파고 자리에 누우니, 구덩이 덮은 천막에 바람이 스치며 바스락거리는 소리를 냈다.

'바스락, 두렵지?'

기억 저편의 혐오해마지 않는 사건이나 인물들이 한데 뭉쳐서 추잡한 목소릴 내었다. 내가 꾸었지만 누구도 거

들떠보지 않은 꿈, 나 자신조차도 들여다보지 않은 죽은 꿈들이 꿈틀거렸다. 문득 내게도 얼굴이 있는가싶어 부끄럽다. 죽은 꿈이 속삭인다.

'이제 곧 별은 떨어질 것이야.'

뺨으로 향하는 손길이 떨렸다. 얼굴에 손이 닿는 순간, 믿기지 않을 만큼 낯선 감정이 소스라친다. 모래알이 땀구멍 사이사이에 들어차 피부가 깔깔하다. 성긴 수염에 파묻힌 입술은 조각날 것처럼 갈라져 있었다.

'내 얼굴이 맞을까?' 무딘 감각이 지배하는 곳에서 둔중한 통증이 올라왔다. 미처 회복하지 못한 발목이 퉁퉁 부어있었다. 정신은 몽롱하여 추위를 자주 느낀다. 눈 감으면 다시 뜰 수 있을까? 내일의 태양 볼 수 있을까! 별 보며 두렵긴 처음이다.

다이어리 펼치니, 마른 장미가 가냘픈 얼굴 드러내며 제일 먼저 반긴다.

「가만 둘 줄 알아? 나는 세상에서 가장 아름답고……」

'장미야, 제발……'

말 끊은 것이 싫었는지 장미 입가가 샐쭉하다. 나는 그녀 진정시킬 요량으로, 혹은 내게 최면 걸 생각으로 속삭였다.

"내겐 희망이 필요해."

장미는 잠시 웅크리더니 우주의 비밀을 말해준다며 귀

기울일 걸 요구했다. 그녀는 속삭였다.

「네가 가진 사랑으로 우주를 초월할 수 있어.」

노래하는 별이 보인다. 별은 빛나지만 우주 속에 혼자다.
그를 보며 비로소 내 영혼과 만나는 순간임을 알았다.

별이 말하는 시

정제된 선율은 무척이나 단조롭다.
느닷없이 노랫말이 들린다. ""'!'?,

'너는 죽게 될 거야.'

별을 볼 때면 슬픈 예감에 둘러싸인 연유를 알겠다.

'나도 알아.'

마음속으로 떠올린 말에 별이 답했다.

'나는 불멸에 대해 노래하고 있어.'

섧게 울고 싶었지만 마지못해 웃었다.

'잘 들어봐!'

은미한 목소리로 별이 속삭였다.

'죽게 될 거야. 사랑하지 않으면…….'

밤하늘에 떠올라 별과 함께 지상을 내려 보았다. 사막은
언젠가 내가 원하는 걸 줄 것이다. 단지 염원에 그칠지라
도 동경하는 마음 간직한 채라면 나의 바람은 별에 새겨
질 것이다.

해가 동터 오르며 얼음장 같던 사막이 물러나기 시작한
다. 느닷없이 들려온 일차원적인 속삭임에 귀가 솔깃하
다.

'물 한 모금 주면 영혼을 바치겠느냐?'

해가 건네주는 따사로움 즐기며 나는 지그시 눈을 감았
다. 내 영혼 속에 모래 한 점 보인다. 모래 한 점 만큼이나
가냘픈 존재지만 내가 품는 사랑은 우주를 초월할 것이
다.

"사랑할 수 있다면……."

눈물방울이 뺨을 타고 흘러내렸다. 어쩌면 나보다 사막
이 갈증이 더욱 심하였는지 모른다. 해가 더 이상 뜨겁지
않다. 앞에 놓인 가시밭길이 시시때때로 손 흔들었지만
그냥 무시하면 되었다.

이상했다. 피에르가 이 세상사람 같지 않은 것이다.

"네가 내가 된 거야!"

피에르가 아닌 사막여우가 말했다. 어디선가 나타난 여
우는 쌍봉 귀를 쫑긋거리며 동그마니 새살거렸다.

"안녕, 사막여우!"

여우는 먼지바람 일으키며 지그재그로 쏘다녔다. 녀석의
장난치는 모습을 보고 있자니 숨이 고루 쉬어진다.

'샤륵 샤르르……'

사막여우는 초연히 사라졌다. 그가 사라진 자리에서 투명한 얇고 기다란 거죽이 굴러왔다. 자세히 보니 뱀의 허물이다. 오아시스 샘이 얼마 남지 않았단 증거, 뱀은 수분을 머금어야 허물 벗을 수 있다.

"뭐든 살아나."

환영의 꽃목걸이처럼 뱀 허물을 목에 두르며 피에르가 말했다. 그는 또 다른 뱀 허물을 집어 승리의 월계수처럼 내 머리에 씌워주었다.

"바람 불면 살아나!"

피에르는 그것에 숨을 불어넣었다. 뱀 허물은 풍선처럼 부풀어 본래의 색깔을 회복했다. 죽음과 맞닿은 나는 알았다. 보고 만지고 느끼고, 이 세상은 무한한 축복으로 채워져 있다.

"피에르, 살아있음은 기적이야."

허물은 윤기 있고 생기 넘치는 보아뱀이 되었다. 뱀은 신기한 마법 양탄자처럼 피에르와 나를 공중에 띄웠다. 신기하게도 나침반 바늘로 뱀을 조정할 수 있다. 나와 피에르는 보아뱀을 타고 밤하늘을 유영했다.

"태양 같은 별이야!"

인생의 나침반은 낮의 태양만이 아니다. 영롱하게 빛나는 밤의 별도 길을 알려준다. 물고기 별자리의 꼬리 줄지

어 국자모양 북두칠성 자루 끝의 요광을 따라갔다. 까만
물빛이 밤하늘에 일렁인다. 자유의 물결이 몸을 감싼다.
피에르가 소리쳤다.

"고래 별자리야!"

하늘 은한에 거대한 고래가 나타났다. 동쪽에서 나타난 고래는 자미원의 별들을 뱃속에 품고 망망한 하늘바다를 뛰 놀았다. 나는 별들의 고향을 알았다. 고래는 분수공을 통해 별들을 토해냈다.

"고래등에 오를 거야!"

피에르는 심야를 헤엄쳐 고래등에 올라탔다. 기다렸다는 듯이 고래가 분수공으로 별을 터트렸다. 별이 분수처럼 쏟아진다. 별을 비처럼 맞으며 피에르는 춤추었다.

"사막과 별을 줄게. 둘은 네 거야."

고래는 피에르를 태우고 왕자별로 갔다. 꾀꾀로 나타난 사막여우가 어서 오라며 꼬릴 흔들었다.

–그곳엔 장미가 있다.

*♬1.【쌩떽쥐베리의 '사랑이 있는 풍경'중 일부】

*♬2.【헤밍웨이의 '노인과 바다' 중에서】

　　–물고기 대신 별 대입

　　〈원문〉"He`s good for the night and so am I."

　　하지만 물고기는 오늘 밤도 끄떡없을 테고, 나도 아직 괜찮다.

　　(*쌩떽쥐베리의 별 「열린아동문학」 2017. 가을호에 실림)

–Ending